tudiant soumise

Erika Sanders

Titre

Étudiant soumise

Pour

Erika Sanders

Série

Collection de domination érotique

Première édition: juillet 2020

Sites Web de l'auteure:

https://twitter.com/ErikaSanders98

https://www.instagram.com/erikasamanthasanders/

Synopsis

Cynthia était assise devant le bureau du professeur.

Les examens finaux approchaient, ce qui signifiait que l'enseignant serait occupé à rencontrer les élèves.

Il a attendu au moins vingt minutes pendant que la porte du professeur était toujours fermée.

J'étais un peu nerveux en attendant ce professeur qui était généralement sévère.

Lorsque la porte s'est ouverte, elle a vu le professeur parler à un autre élève, qui s'apprêtait à partir.

Cynthia se leva lorsque l'autre élève partit et le professeur tourna son attention vers elle.

C'était un homme grand, bien habillé, marié et dans la cinquantaine.

«Cynthia, je suis content de te voir,» dit-il. "Vous avez un rendez-vous?"

Étudiant soumise est un roman à fort contenu érotique BDSM et, à son tour, un nouveau roman appartenant à la collection Erotic Domination, une série de romans à forte teneur en BDSM romantique et érotique.

Remarque sur l'auteure

Erika Sanders est une écrivaine internationale bien connue qui signe ses écrits les plus érotiques, loin de sa prose habituelle, avec son nom de jeune fille.

Pages Web de l'auteure:

https://twitter.com/ErikaSanders98

https://www.instagram.com/erikasamanthasanders/

Email du contact:

erikasanders98@gmail.com

ÉTUDIANT SOUMISE POUR ERIKA SANDERS

PREMIÈRE PARTIE
LETTRE DE RECOMMANDATION

CHAPITRE I

Cynthia était assise devant le bureau du professeur.

Les examens finaux approchaient, ce qui signifiait que l'enseignant serait occupé à rencontrer les élèves.

Il a attendu au moins vingt minutes pendant que la porte du professeur était toujours fermée.

J'étais un peu nerveux en attendant ce professeur qui était généralement sévère.

Lorsque la porte s'est ouverte, elle a vu le professeur parler à un autre élève, qui s'apprêtait à partir.

Cynthia se leva lorsque l'autre élève partit et le professeur tourna son attention vers elle.

C'était un homme grand, bien habillé, marié et dans la cinquantaine.

«Cynthia, je suis content de te voir,» dit-il. "Vous avez un rendez-vous?"

"Non. Désolé, professeur. C'est une chose de dernière minute."

«Je suis sûr que vous connaissez ma politique concernant les réunions. J'espère qu'un rendez-vous est pris en premier, sinon il y aurait toujours une longue file devant ma porte.

Elle prit une profonde inspiration cherchant à reprendre confiance.

"Je m'en rends compte. Mais il n'y a personne ici maintenant. Je suis sûr qu'il peut faire une exception pour moi."

"Bien. Juste parce que vous êtes un étudiant très travailleur. Entrez."

Il lança un étrange sourire et lui fit signe d'entrer dans son bureau, puis ferma la porte.

Le professeur s'assit derrière son bureau et Cynthia s'assit en face de lui.

"En quoi je peux t'aider?" demanda-t-il, s'installant confortablement dans son siège.

"Eh bien, j'ai beaucoup réfléchi ces derniers temps, et j'ai décidé de postuler à la faculté de droit pour l'année prochaine. J'ai déjà suivi le cours d'entrée et j'ai réussi à obtenir un score élevé. Ma moyenne est également supérieure à B +."

Il acquiesca.

"Un choix intéressant. Je pense que vous réussirez très bien à la faculté de droit. Ce n'est pas facile, mais vous avez certainement la personnalité et le cerveau pour le faire."

"Merci," sourit-il.

"Je suppose que vous voulez une lettre de recommandation de ma part."

"C'est pourquoi je suis ici. Vous êtes le premier professeur que j'ai demandé, et j'espère vraiment que vous le ferez pour moi."

"Alors, suis-je ton premier choix? Pourquoi? Je suis curieux."

Cynthia se sentit un peu intimidée.

"Eh bien, il a une excellente réputation dans cette université. Et il est également chef du département, ce qui, je pense, fera bonne figure sur ma candidature."

"J'ai aussi des liens avec les meilleures écoles de droit. Le saviez-vous?"

Elle hocha la tête d'un air penaud.

"Je le savais. Je veux dire, je l'ai entendu d'autres étudiants. Mais je n'étais pas sûr que c'était vrai ou non."

«J'ai des amis proches qui siègent au comité des admissions de certaines des meilleures facultés de droit. Mes lettres de recommandation sont donc très utiles.

«Envisageriez-vous d'écrire une lettre pour moi? demanda-t-elle d'un ton timide.

"Je ne peux pas," répondit-il sans détour. "Malheureusement, vous êtes trop tard."

"Pourquoi? La date limite pour les candidatures à la faculté de droit est le début de l'année prochaine."

"D'accord. Mais je n'écris que deux lettres de recommandation à la fin de chaque semestre. C'est ma politique personnelle. Sinon, je devrais écrire des lettres pour tout le monde. Alors mes recommandations seraient inutiles, comme n'importe quel étudiant à moi pourrait en obtenir une. Cela a-t-il un sens pour vous, Cynthia? "

"A-t-il."

"Si vous étiez venu plus tôt, alors je l'aurais fait pour vous. Vous êtes l'un des étudiants les plus compétents que j'ai eu ces dernières années. Et cela signifie beaucoup, car cette université regorge d'étudiants doués." "

« Si vous pensez que je suis l'un de vos meilleurs élèves, pourquoi ne pouvez-vous pas faire une exception pour moi ? elle a plaidé.

"Je vous l'ai déjà dit. Ma règle est de deux recommandations par semestre. Je suis toujours mes règles. Dans toutes mes années d'enseignement, je n'ai jamais fait d'exception. Jamais."

Elle maintint brièvement la tête baissée, avant de retrouver son calme.

"Je comprends," répondit-elle, se préparant à partir. "Merci pour votre temps, professeur."

"Attends," dit-il en l'arrêtant. « Tu sais que je vais prendre ma retraite cette année, non?

"Oui, je l'ai entendu".

"Ce sera mon dernier enseignement du semestre. Je pourrais vous écrire une lettre de recommandation au début de l'année prochaine, et vous pourriez postuler à la faculté de droit avant la date limite. Ce serait dans mes règles."

Cynthia sourit.

"Cela semble génial. Merci beaucoup, professeur. Cela signifie vraiment beaucoup pour moi."

"Je ne dis pas que je le ferai. Je dis que je pourrais."

"Oh alors qu'est-ce que je dois faire ?"

« D'abord, dis-moi pourquoi tu veux aller à la faculté de droit. Quel est ton but ultime ?

Il pensa un instant à rédiger une bonne réponse.

«Eh bien, j'ai toujours voulu une carrière dans laquelle je pourrais être un grand défenseur des femmes. J'ai presque terminé ma majeure en études sur les femmes et le genre. J'ai pensé devenir journaliste, où je pourrais couvrir divers sujets. Mais mes parents ont toujours Ils ont encouragé les tests de lois. J'y ai réfléchi tout le semestre alors que je suis sur le point d'obtenir mon diplôme. Après mûre réflexion, j'ai décidé que l'étude du droit était pour moi. "

Il acquiesca.

"Vous avez certainement beaucoup réfléchi à cela."

«Oui monsieur, je l'ai.

"Qu'en est-il de vos réalisations académiques jusqu'à présent? Quelque chose que vous devriez savoir?"

Elle se dit à nouveau.

"Eh bien, j'ai écrit plusieurs essais dans certains de mes cours qui se concentrent sur les droits des femmes, les femmes de couleur et divers problèmes sociaux dans ce pays et dans le monde. J'ai obtenu un A sur chacun d'eux."

"Ce n'est pas surprenant. Tu sembles être une fille très intelligente. J'aime ça chez toi."

"Merci," rougit-elle.

"Envoyez-moi tous ces essais que vous avez mentionnés. J'aimerais les revoir avant de prendre ma décision."

"Bien sûr."

"Je t'aime vraiment bien, Cynthia," dit-il. "Je pense que vous êtes extrêmement talentueux. Les femmes comme vous sont l'avenir de ce pays. Si vous pouvez me convaincre que vous avez un réel intérêt à changer les choses, alors je contacterai personnellement mes amis dans les meilleures facultés de droit, et je le ferai tout est possible pour vous d'entrer. Comment cela vous semble-t-il? "

"Cela semble merveilleux professeur," dit-elle avec un sourire radieux. "Je suis sûr que vous serez impressionné par ce que j'ai à vous offrir."

"Je n'ai aucun doute là-dessus. Maintenant, si vous voulez bien m'excuser, j'ai un rendez-vous prévu dans environ cinq minutes."

"Oh bien sûr. Merci beaucoup."

Cynthia se leva et serra doucement la main du professeur alors qu'il était assis derrière son bureau.

Lorsqu'il a quitté le bureau, il a fait de son mieux pour contenir son émotion.

CHAPITRE II

Lorsque Cynthia est retournée dans son petit appartement, elle est allée directement dans la chambre de sa colocataire et a vu que la porte était grande ouverte.

Teresa était allongée dans son lit en utilisant son ordinateur portable pour voir les derniers sites de potins.

"Tu vois si tu devines?" Demanda Cynthia avec rhétorique. "En fait, je vais vous le dire directement. Il a accepté d'écrire une lettre de recommandation pour moi. Pouvez-vous le croire?"

Cynthia entra dans la pièce et s'assit sur le lit de sa colocataire.

"Bien! Comment était-ce d'être seul avec lui? Était-il mal à l'aise? Ce mec est aussi dur que son cul."

«C'était vraiment intimidant, je peux vous le dire.

«Et il a accepté de t'écrire une lettre? Demanda Teresa. "J'ai entendu tellement d'histoires d'étudiants intelligents rejetés par des idiots comme lui."

«Je l'ai attrapé de bonne humeur, je pense,» Cynthia haussa les épaules. "Mais ce sera un processus difficile. Il veut me parler un peu plus et ensuite il m'écrira une lettre l'année prochaine."

"L'année prochaine? J'ai lu que si vous postulez tôt à la faculté de droit, vous obtenez un léger avantage avec les admissions."

Cynthia sourit.

"Je sais. Mais il a des relations avec certaines des meilleures écoles de droit. Il a également dit qu'il serait prêt à les contacter personnellement en mon nom, si je peux le convaincre que je le mérite."

"Oh wow! C'est incroyable."

Teresa se pencha en avant et fit un gros câlin à son amie.

"Je vous remercie."

"Comment allez-vous le convaincre exactement? Ce type n'est pas facile à plaire."

Cynthia haussa les épaules.

"Je pense que je dois vous montrer quelques vieux essais que j'ai écrits. Il était un peu vague sur tout cela. Mais je suis presque sûr de tout cela. Je pense qu'il m'a vraiment aimé. Il a dit beaucoup de belles choses."

"Eh bien, si quelqu'un mérite de bénéficier de ses relations, c'est vous."

"Merci. Je croise les doigts. J'espère juste qu'il ne changera pas d'avis."

"Ce serait le plus grand mouvement de secousse du monde si je changeais d'avis," répondit Teresa. "Bien que tu ne saches jamais, cependant. Mais tu ne peux en aucun cas changer d'avis."

Cynthia sourit.

"Tu as raison. Mais j'ai encore besoin de l'impressionner. Je ferai tout ce qu'il faut. Fais-moi confiance."

"Je le pense."

CHAPITRE III

Il était tard dans la nuit lorsque Cynthia avait déjà fini de revoir ses anciens fichiers.

Elle avait organisé tous les essais les mieux notés qu'elle avait écrits.

Puis il les a jointes à un dossier.

Il a également mis la touche finale à son travail final pour la classe de l'enseignant.

Elle a lu l'article final à plusieurs reprises pour s'assurer qu'il était parfait.

C'était sa chance d'impressionner l'homme qui détenait potentiellement les clés de son avenir.

Il a tout joint dans un e-mail et a écrit un message à l'enseignant:

"Bonjour Professeur,

J'espère qu'il va bien. Merci beaucoup de vous joindre à moi aujourd'hui. Je sais que vous êtes une personne extrêmement occupée. J'ai joint tous les essais que je voulais voir. J'ai un A sur chacun d'eux.

J'ai également joint mon projet final pour sa classe, que j'ai terminé à l'avance. J'espère que tout est satisfaisant. Faites-moi savoir si vous avez besoin de quelque chose de plus de ma part ou si vous souhaitez vous revoir pour discuter de quelque chose en rapport avec la lettre de recommandation. J'apprécie vraiment tout cela.

Mes meilleurs voeux,

Cynthia »

Il a envoyé l'e-mail et elle a soupiré de soulagement.

Elle était assise devant son ordinateur depuis plusieurs heures, avec très peu de repos, pour envoyer les documents au professeur le plus rapidement possible.

Avec le temps restant avant le dîner, Cynthia a vérifié ses mises à jour Facebook pour voir ce qui était nouveau dans son cercle social.

Un e-mail entrant est arrivé.

C'était une réponse du professeur:

Rendez-vous dans mon bureau. Lundi à neuf heures du matin.

Cynthia était légèrement déconcertée par l'e-mail de réponse cryptique et bref du professeur.

Elle se demanda s'il avait même pris la peine de regarder l'une des pièces jointes, à quelle vitesse il avait répondu et s'il avait passé les dernières heures à travailler très dur pour rien.

À ce moment-là, il a reçu un autre e-mail.

C'était une autre réponse du professeur:

"Nous discuterons des termes de la lettre de recommandation."

C'était le message qu'elle voulait.

Elle se sourit en sachant que les liens du professeur avec les meilleures écoles de droit étaient à sa portée.

Des années de travail acharné ont finalement porté leurs fruits.

Tout ce qu'il avait à faire était de faire ce que le professeur voulait.

DEUXIÈME PARTIE
ÉTUDIANT DÉCIDÉ

CHAPITRE I

Lundi.

Tôt le matin.

Cynthia a attendu devant le bureau du professeur dans un costume semi-formel.

Elle voulait paraître sophistiquée à l'enseignant.

Elle voulait montrer que ça valait le coup.

Il est arrivé à exactement neuf heures du matin.

Il tenait un petit sac en papier sans publicité, et il regarda à peine Cynthia quand elle se leva pour le saluer.

Ils se sont serré la main, puis ont ouvert la porte du bureau et l'ont laissée entrer.

Puis elle a fermé la porte.

La situation était quelque peu gênante alors que le professeur installait son bureau et allumait son ordinateur, tout en ignorant apparemment l'étudiant qui se tenait devant lui dans la pièce.

«J'espère que vous avez passé un bon week-end», a-t-elle dit, brisant la tension.

Le professeur s'assit derrière son bureau et Cynthia s'assit en face de lui.

«J'ai passé un excellent week-end», a-t-il répondu. "La majeure partie était consacrée à trier les papiers. Mais j'ai aussi eu du temps pour d'autres activités. Et vous?"

"Principalement des travaux scolaires. J'ai étudié dur pour des tests et rédiger des articles pour d'autres classes."

Il acquiesca.

"Comme cela devrait être."

"En parlant de cela, avez-vous lu les documents que je vous ai envoyés?"

"Non, je ne l'ai pas fait," répondit-il sans détour.

"Oh, je pensais que j'avais besoin d'eux ..."

«Je ne les regarderai pas, Cynthia. Je ne suis pas intéressée par la lecture de vos essais pour d'autres cours. Je n'ai pas le temps pour ça.

"Cela signifie-t-il que vous me donnerez la recommandation sans avoir à les lire?" demanda-t-elle prudemment.

"Il n'a pas répondu. "Vous devez encore le gagner."

"Que dois-je faire alors?"

Il la regarda avec un regard vif.

«Êtes-vous une personne discrète, Cynthia?

"Que voulez-vous dire?"

«Êtes-vous capable de garder un secret?

"J'ai toujours été une personne digne de confiance. Pourquoi?"

«Je suis très intéressé par vous», dit-il. "Vous m'intriguez. Mais vous devrez me promettre que tout ce dont nous discuterons restera confidentiel. Pouvez-vous faire ça? Si tout cela fonctionne, je le promets, je ferai de mon mieux pour vous amener à l'école que vous voulez. Et je tiens toujours mes promesses."

Cynthia prit une profonde inspiration et essaya de garder son calme.

Elle ne savait pas trop où allait la conversation, mais elle aimait le résultat.

Elle voulait votre aide.

"Je le promets. Tout ce dont nous discuterons sera un secret."

Il hocha lentement la tête.

"Je suis content d'entendre que."

"Puis-je demander de quoi il s'agit? Je ne comprends toujours pas ce que vous attendez de moi."

"Vous avez suivi trois de mes cours, n'est-ce pas?"

"C'est comme ca."

«Vous m'avez toujours intrigué», dit-il. "Depuis le jour où nous nous sommes rencontrés, je vous ai trouvé une personne intéressante. Et j'ai toujours aimé lire vos essais. En fait, pour être honnête, je continue parfois de lire vos essais. Vos pensées sur les droits des femmes et Les libertés sexuelles des femmes sont assez profondes. "

" Merci Monsieur ".

«J'ai une tâche pour vous», dit-il. "C'est complètement hors de l'ordre du jour. Personne ne le saura jamais. De toute évidence, c'est facultatif. Mais si vous le faites, je vous donnerai un A automatique dans ma classe et vous aiderai à entrer dans une école de droit de haut niveau."

Cynthia hocha la tête avec hésitation.

"Bon."

"C'est une tâche de lecture. Je veux que vous lisiez le matériel qui vous a été assigné. Et demain, je veux que vous soyez de nouveau ici à neuf heures du matin, prêt à en discuter."

Le professeur prit le sac en papier brun et le posa sur son bureau devant Cynthia.

"De quoi parle le devoir de lecture?" elle a demandé, perplexe.

"Tout dans ce sac est pour vous. Considérez-le comme un cadeau. Ne l'ouvrez que tard dans la nuit. Et je veux que vous lisiez l'histoire marquée avant de vous endormir. Je veux votre avis en raison de votre perspective intéressante sur les problèmes de femmes. Pouvez-vous faire ça pour moi ? "

"Puis-je."

"Bien," acquiesça-t-il. "Maintenant, si vous voulez bien m'excuser, j'ai une journée bien remplie. Je suis sûr que vous êtes aussi occupé aujourd'hui."

"Merci professeur."

Cynthia s'est levée et a donné au professeur une poignée de main.

Puis elle a pris le sac marron et a quitté le bureau.

Il ne prit pas la peine de regarder dans le sac.

J'avais trop peur pour regarder.

CHAPITRE II

Cette nuit-là, Cynthia s'allongea sur le lit avec les lumières toujours allumées.

Il venait de terminer sa rigoureuse routine d'étude nocturne.

Ses yeux lui faisaient mal.

Et elle était mentalement épuisée.

Il regarda la table de chevet à côté de son lit et vit le sac marron.

Il avait presque oublié.

La nuit n'était donc pas finie.

Il s'assit sur le lit et prit le sac.

Lorsque Cynthia a ouvert le sac, elle a été surprise par ce qu'elle a vu.

Il y avait un gode rose de taille moyenne, en forme de pénis d'homme.

Il le ramassa et le regarda, se demandant si c'était une erreur.

Peut-être que le professeur m'a donné le mauvais sac?

Pourquoi a-t-il ça?

Mais il a conclu qu'il n'y avait pas d'erreur.

Le professeur était trop précis et intelligent pour faire de telles erreurs, pensa-t-il.

Elle a mis le gode sur son lit et a fouillé le fond du sac.

La seule chose qu'il y avait était aussi un très gros livre.

C'était vieux et usé.

Elle regarda la couverture.

C'était un livre de compilation de diverses histoires BDSM.

Il regarda l'index pour voir que toutes les histoires portaient sur le sexe.

Et pas de n'importe quel genre de sexe, mais des histoires de domination et de soumission.

"C'est du harcèlement sexuel!" Pensée.

Cynthia ferma le livre et le posa sur la table voisine.

J'étais en colère, choquée et triste.

Elle ne savait pas comment se sentir.

Puis il se souvint du commentaire du professeur, que la lecture était facultative.

Elle pensait qu'elle devait faire tout ce qu'elle demandait.

Mais alors elle ne recevrait rien non plus.

Après avoir réfléchi quelques instants, il réalisa qu'il n'y avait pas de mal.

C'était juste un livre.

Tout ce qu'il avait à faire était de lire ce qui l'aurait marqué et d'en discuter avec le professeur.

Ensuite, elle obtenait l'aide du professeur.

Le gode irait à la poubelle plus tard, où il appartenait.

Après avoir pris une profonde inspiration, elle prit le livre et se pencha en arrière sur l'oreiller pour se sentir à l'aise. Il y avait un signet au milieu du livre. Il l'ouvrit pour trouver l'histoire que le professeur lui avait assignée.

Elle a commencé à lire.

~~~

Résumé de l'histoire:

Erika était une femme indépendante, une artiste et une militante féministe des droits des femmes.

Il dirigeait une galerie d'art à succès dans le centre-ville.

Il a été approché par un homme du nom de Robert, qui lui propose de vendre une partie de son travail.

Il montre ses photos et elle est très impressionnée par les peintures qui apparaissent sur ses photos.

Mais quand elle visite son petit studio, elle découvre que la plupart de son travail est lié au BDSM et que cela n'apparaissait pas sur ses photos.

Sur le mur, des photos de femmes ligotées et heureuses.
~~~

Erika dit poliment à Robert qu'elle n'est pas d'accord avec le contenu de ses peintures, puis refuse l'offre d'acheter une œuvre d'art.

Quelques jours plus tard, Robert continue de demander une relation d'affaires avec elle.

Il lui envoie plus de ses photos par e-mail, qui cette fois montrent les femmes ligotées et bâillonnées.

Ensuite, il y avait des photos de femmes dans divers états d'orgasme intense.

Erika se sentait en conflit avec les images.

Elle pensait qu'ils étaient obscènes, mais de bon goût.

Ils étaient vraiment exaltants pour elle d'une certaine manière.

Elle était intriguée.

Elle a accepté de le revoir pour discuter d'un éventuel accord.

Dans sa petite étude, Robert l'a convaincue que le BDSM n'était pas si mal.

Il l'a convaincue que c'était quelque chose de beau et que les femmes recevaient beaucoup de plaisir.

Erika était sceptique, mais a accepté de faire l'expérience de l'esclavage léger à la demande de Robert.

Cela lui a ouvert la porte d'avoir Erika comme nouveau fétiche BDSM.

~~~

Après avoir lu l'histoire, Cynthia s'est trouvée légèrement excitée.

Avec le stress des examens finaux à venir, le sexe était la dernière chose dans son esprit, mais l'histoire a changé cela.

C'était mouillé entre les jambes.

J'étais fasciné par les personnages.

Elle était captivée par l'idée que le personnage féminin de l'histoire était ligoté et utilisé sexuellement.

Du coup, le gode dans le sac marron ne semblait plus être une si mauvaise idée ...
~~~

CHAPITRE III

Le lendemain.

Cynthia était assise devant le bureau du professeur.

Il la regarda simplement sans dire un mot.

Il prit une autre gorgée de café.

Plus le silence durait, plus elle se sentait mal à l'aise avec leur rencontre.

"Je veux savoir ce qui vous a fait ressentir," dit-il, brisant le silence. "Je veux savoir comment votre esprit fonctionnait avec chaque détail. Êtes-vous d'accord avec ça?"

"Je le suis."

"Avez-vous lu l'histoire que je vous ai assignée?"

"Je l'ai fait. Je pensais que c'était bien écrit."

"Qu'est-ce que tu en as pensé d'autre?" Je demande. "Qu'as-tu pensé de l'évolution du personnage principal?"

Cynthia s'arrêta un moment.

"Je pense que l'évolution du personnage principal est une chose courante pour beaucoup de gens. J'ai fait beaucoup de recherches sur la sexualité au fil des ans. Les gens découvrent constamment leurs fétiches tout au long de leur vie. Il n'y a absolument rien de mal à l'exploration sexuelle. Cela fait partie de l'être humain. "

"Pensez-vous que cette histoire était réaliste? Pensez-vous que quelque chose comme ça pourrait arriver à une féministe dévouée?"

"Pourquoi pas?" Elle a répondu. "Le personnage de cette histoire est humain comme tout le monde. Ce n'est pas parce qu'elle est féministe a probablement alimenté le tabou d'être soumis à un homme dominant. Ce n'est pas parce qu'une personne est féministe qu'elle ne peut pas profiter d'une vie sexuelle complète. "

Il a souri.

"Vous êtes une fille très intelligente. J'aime écouter votre perspicacité."

"Est-ce que cela signifie que j'ai mérité votre recommandation?"

"Pas encore. Je veux savoir si vous avez utilisé le jouet que je vous ai donné. L'avez-vous utilisé sur vous-même en lisant l'histoire? Ou l'avez-vous utilisé après?"

Un regard abasourdi apparut sur son visage.

"Que voulez-vous dire?"

"Avez-vous utilisé le gode sur vous-même?"

"Je ... je ne vois pas comment c'est votre affaire."

"Ce que vous dites sera confidentiel. Je prendrai ma retraite à la fin de l'année, vous vous souvenez? Dans quelques semaines, vous ne me reverrez plus."

Elle réfléchit un instant.

"J'ai utilisé le gode sur moi-même après avoir lu l'histoire."

"Mais qu'est-ce que tu avais en tête?"

"Dans le personnage principal à la fin de l'histoire. Tu sais, être ligoté."

"As-tu toujours eu un fétiche de bondage?" Il a demandé.

"Je ne pense pas que ce soit approprié. J'ai déjà fait tout ce qu'il m'a demandé de faire."

«Nous avons encore beaucoup de temps», a-t-il répondu. "Vous êtes une fille très spéciale. Vous travaillez dur et vous êtes très déterminée. J'apprécie ces qualités et je veux que vous éprouviez les joies de la vie. Je n'essaye pas de vous tromper. Vous devriez me faire confiance à ce sujet."

"Que veut-il de moi?"

"En ce moment, je te confie une autre tâche."

"Ce sera le dernier?"

"Peut-être," répondit-il. "En ce moment, vous avez un A dans ma classe. C'est tout. Si vous m'écoutez, j'utiliserai mes connexions en votre nom."

"Très bien," acquiesça-t-elle.

«Lisez la septième histoire de ce livre. Ensuite, je veux que vous vous masturbiez avec le gode. Demain, nous nous reverrons. Nous parlerons de l'histoire. Et je veux que vous me disiez tout sur votre orgasme. Pouvez-vous le faire?

"Oui."

"Bien. Et nous ne nous rencontrerons pas dans mon bureau. Je vous enverrai le lieu de la réunion demain matin. Compris?"

"Promets-tu d'utiliser tes relations pour moi?"

"Je le promets."

"Donc c'est un accord."

TROISIÈME PARTIE
FOND ROUGE

CHAPITRE I

Plus tard dans la même nuit.

Cynthia et Teresa ont lavé la vaisselle ensemble après le dîner.

Ils avaient également cuisiné ensemble.

Après avoir séché et placé la vaisselle sur l'étagère, Teresa posa la serviette et s'appuya contre le comptoir.

"C'est la pire dernière semaine de ma vie", gémit Teresa. "Pourquoi ai-je dû me spécialiser en biologie?"

"Parce que vous voulez faire de bonnes choses de votre vie. Cela en vaudra la peine."

"Ça tu crois?"

"J'espère bien," Cynthia haussa les épaules.

«Eh bien, c'est rassurant.

Cynthia s'appuya également contre le comptoir de la cuisine et regarda sa meilleure amie.

"Je ne peux pas croire jusqu'où nous sommes venus", dit-il. «Nous parlions d'adultes quand nous étions jeunes. Maintenant, regardez-nous. Nous sommes sur le point de faire de belles carrières.

Teresa sourit.

"Encore un semestre et puis nous ne serons plus colocataires. Ça me donne envie de pleurer quand j'y pense."

"Nous irons bien. C'est pour le mieux."

Teresa hocha la tête.

"Tu as raison. Comme les choses vont, tu iras dans la meilleure école de droit du pays."

"Cet accord n'a pas encore été conclu."

«Qu'est-ce qui se passe avec ce gars de toute façon? Pourquoi n'écrit-il pas ce putain de truc et n'en finit pas comme un professeur normal?

"Il veut juste être minutieux, c'est tout," répondit Cynthia. "Je pense que nous finirons après une autre série de questions sur mon dossier scolaire et mes objectifs futurs. Et ce genre de choses."

"Si je ne vous connaissais pas mieux, je dirais que ce type est intéressé à avoir quelque chose avec vous," répondit Teresa avec un mauvais jeu de mots.

"Qu'est-ce qui te fait dire ça?"

«La façon dont il t'appelle en classe. La façon dont il te regarde. C'est un peu évident, enfin, pour moi en tout cas.

"Il traite tout le monde de la même manière en classe. De plus, il est marié."

"C'est étrange qu'il ait passé autant de temps avec vous ces derniers temps", a déclaré Teresa. "Es-tu amoureuse de lui par hasard?"

"Ne pas!" Cynthia a répondu avec amusement et horreur. "Comment peux-tu dire quelque chose comme ça?"

Teresa fit une drôle de tête.

"Dieu. Je me demandais juste. Jésus. Ne soyez pas si défensif."

"De toute façon, il y a beaucoup de temps pour plaisanter sur tout ça plus tard. Pour le moment, j'ai besoin d'étudier. Tu n'es pas la seule personne à avoir des examens brutaux."

"Alors nous ferions mieux de continuer avec les livres."

"C'est comme ca."

CHAPITRE II

Après avoir refermé la porte, Cynthia se pencha confortablement en arrière sur le lit, allongée sur l'oreiller.

C'était sa position préférée pour étudier.

Elle a rapidement parcouru les livres et les notes de ses cours.

Elle était déjà préparée et tout était en avance sur le calendrier.

Il ferma le tissu et reposa brièvement les yeux.

Les devoirs du professeur étaient toujours en attente.

Il se demanda brièvement si Teresa avait raison de dire qu'elle développait un petit béguin pour lui.

Son pouvoir sur elle était un grand tabou.

Cynthia a mis ses affaires d'école de côté et a pris le grand livre BDSM. Il retourna à sa position confortable sur le lit et ouvrit le livre de la septième histoire.

Il a commencé à lire.

~~~

Résumé de l'histoire:

Samantha était une femme d'affaires prospère.

Elle avait un grand bureau dans un siège social.

Il s'était habitué à donner des ordres aux hommes forts.

L'entreprise pour laquelle il travaillait avait été acquise par une autre entreprise.

Soudain, elle avait un nouveau patron masculin.

Le nouveau patron de Samantha était très différent de tous ceux avec qui elle avait travaillé dans le passé.

La nouvelle patronne n'a pas été intimidée par elle ou sa beauté.

Il respirait la confiance et le sex-appeal de Samantha ne fonctionnait pas pour lui.

Il s'est immédiatement établi comme le responsable.
~~~

Il s'est établi comme son supérieur.

À la fin de l'histoire, elle avait des visites hebdomadaires de lui à son bureau privé pour lui faire savoir qu'elle était soumise.

Samantha s'est retrouvée ligotée et fouettée à son propre bureau.

Il a utilisé le trou qui lui convenait le mieux.

Parfois il lui baisait la bouche, parfois il la baisait analement.

C'était son nouveau rôle dans l'entreprise.

~~~

Cynthia ferma le livre et écarta les bras et les jambes sur le lit.

Il y avait une sensation de picotement entre ses cuisses.

Au fond, elle se sentait coupable d'être excitée par une histoire dans laquelle un homme dégradait sexuellement une femme forte.

Mais elle était tout de même excitée.

La tâche du professeur était claire: il voulait qu'elle utilise le gode.

Il fouilla dans son tiroir pour ramasser le jouet sexuel.

Puis elle a complètement enlevé ses vêtements inférieurs.

Elle s'allongea sur le lit les jambes écartées et se mit à caresser sa chatte avec ses doigts.

Quand elle était suffisamment excitée et mouillée, elle a inséré le sextoy à l'intérieur.

Le jouet est entré et sorti de sa chatte.

Il garda les yeux fermés.

Elle a imaginé des pensées obscènes du personnage féminin du livre baisé oralement alors qu'il était attaché à son bureau.

Elle essaya de garder sa masturbation silencieuse pour que Teresa ne l'écoute pas.

Son esprit était occupé, tout comme ses doigts qui guidaient le jouet sexuel.

Avant longtemps, ses orteils se recourbèrent et son dos se cambra légèrement.

Elle ferma la bouche pour ne pas faire de gros gémissements.
~~~

Elle est venue.

Puis son corps se détendit et elle s'allongea sur le lit avec une sensation de bonheur.

Cela avait été un fantasme très sale.

Si seulement j'avais découvert cela avant ...

CHAPITRE III

Le lendemain.

Il était huit heures du matin.

Cynthia avait suivi les instructions que le professeur lui avait envoyées par e-mail.

Elle portait un joli haut boutonné avec une jupe crayon de type bureau.

Au lieu de se retrouver dans son bureau, ils se sont retrouvés devant une salle de classe vide, qu'il a ouverte avec sa clé.

Il avait un sac en papier.

Une fois qu'ils sont entrés dans la salle de classe, il a verrouillé la porte avec la clé.

« Asseyez-vous », dit-il en allumant les lumières.

"Je suis un peu nerveuse aujourd'hui," dit Cynthia de façon presque ludique alors qu'elle traversait la pièce vide.

"Parce que ?"

"Tout ce que nous avons fait. Cette classe."

"Ne sois pas nerveuse," répondit-elle. "Tu n'as pas besoin de l'être."

"J'espère que non."

Cynthia était assise au premier rang de la grande salle de classe.

« Bon choix », sourit-il. "Les bonnes filles sont toujours au premier rang. J'aime les bonnes filles."

"Avez-vous déjà fait ça ?"

"Fait quoi ?"

"Ceci," répondit-elle. "Avez-vous demandé à d'autres élèves de faire des choses sexuelles pour vous en échange de votre lettre de recommandation ou d'une bonne note ?"

"J'ai une carrière universitaire prestigieuse, Cynthia. Je ne risquerais pas ma réputation en demandant des faveurs d'étudiants au hasard."

"Alors pourquoi faire ça avec moi?"

"Parce que tu es spécial," dit-il sans détour. «Tu m'as intrigué depuis la première fois que je t'ai vu. Tu m'as intrigué à chaque fois que tu parles en classe et à chaque fois que je lis ton travail. Tu es une personne spéciale. Et tu es la plus belle élève que j'aie jamais eue.

"Des mots flatteurs, mais comment savez-vous que je ne déposerai pas de plainte pour harcèlement sexuel contre vous? Je l'ai déjà fait avec d'autres hommes."

"Tu ne le feras pas. Tu es trop déterminé à en finir maintenant. J'ai quelque chose que tu veux désespérément. Alors devrions-nous commencer déjà? Plus tôt nous commencerons, plus tôt nous finirons."

Elle hocha lentement la tête.

"Avant."

"Avez-vous lu l'histoire hier soir?"

"Je l'ai fait."

"Qu'est-ce que tu en penses?"

Elle réfléchit un instant.

"Je pensais que c'était passionnant. Je n'avais jamais lu ce genre de chose auparavant. J'ai toujours pensé que le sexe devait être égal entre les hommes et les femmes. Tout devrait être égal. Et évidemment mes tendances politiques sont du côté féministe. Mais c'était très excitant à lire. . Je l'ai aimé."

"Je suppose que tu t'es encore masturbé avec le gode."

"Je l'ai fait."

"Qu'est-ce que vous avez spécifiquement pensé de le faire?" Je demande.

"Le personnage féminin est attaché à son bureau. Elle l'utilise. Ce genre de chose. C'était la partie la plus érotique de l'histoire."

Le professeur montra son sac marron.

«Je pensais que vous apprécieriez cette scène. Heureusement, je suis venu préparé. Et heureusement, nous sommes dans une salle de classe vide avec un grand bureau. Voudriez-vous expérimenter quelque chose de nouveau?

"Je ne pense pas que ..."

"La porte est fermée Cynthia. Personne ne le saura jamais. Et je ne le dirai jamais. J'ai trop à perdre. Je prends ma retraite à la fin de l'année et vous n'aurez plus jamais à me revoir. Je peux aussi vous aider avec des bourses et d'autres moyens de faire vos études être plus abordables. Nous pouvons nous entraider. "

Il a lutté émotionnellement pendant un moment.

"Je ne sais pas. Je ne suis pas ce genre de personne."

"Je vais faire tout le travail. Tu n'as rien à faire. Je ne vais pas te pénétrer par voie orale ou vaginale. Je veux juste explorer."

"Et si je veux arrêter?" elle a demandé.

"Alors nous allons nous arrêter."

"D'ACCORD."

"Venez devant la classe. Allongez-vous le ventre sur la table du professeur."

Cynthia se leva et se dirigea vers la table principale.

Elle a fait de son mieux pour avoir un visage courageux.

C'était une ligne qu'elle n'aurait jamais pensé franchir avec un homme, mais elle l'était.

Elle était prête à laisser son corps être utilisé par une enseignante beaucoup plus âgée, tout cela pour faire avancer son éducation.

Elle se jura que personne ne saurait jamais cela.

Il posa son ventre et sa poitrine sur la table, son visage tourné vers la salle de classe vide.

Elle ferma les yeux, presque embarrassée.

Elle entendit le professeur marcher derrière elle.

Puis elle sentit ses mains glisser doucement le long de sa jupe tube de bureau la soulevant.

"Détendez-vous," dit-il. "Je serai gentil avec toi. Tu es en sécurité avec moi."

Le professeur a doucement abaissé sa culotte et elle a soulevé chaque pied pour qu'il puisse les enlever.

Elle se sentait vulnérable et exposée avec sa robe relevée et sans culotte.

Elle entendit le bruissement du sac en papier s'ouvrir.

Elle a continué à fermer les yeux.

J'avais trop peur pour regarder.

Puis elle sentit ses chevilles attachées avec une corde douce.

Elle n'a pas résisté et n'a pas objecté.

C'est arrivé très vite.

Avant de réfléchir à deux fois, ses chevilles étaient attachées au bout des pieds de la table.

Le professeur s'est déplacé autour de la table et a répété le processus avec ses poignets.

Dans un processus tout aussi rapide, les poignets de Cynthia étaient attachés au bout de la table.

C'était complètement attaché et lié.

"Veuillez vous détendre," dit-il. "Les choses seront plus faciles de cette façon."

Le professeur tapota doucement les fesses nues de Cynthia.

Ce fut un choc et une surprise pour elle.

Cela fit grandir ses yeux.

Même enfant, elle n'avait jamais été fouettée.

C'était une nouvelle sensation.

Avant qu'elle ne puisse traiter émotionnellement la situation, un autre fléau est venu.

Ensuite un autre.

Les cils doux devenaient de plus en plus durs.

Le fouet a commencé à résonner dans la grande salle de classe de l'université.

«Comment tu te sens? il a demandé d'une manière paternelle. "Êtes-vous capable de gérer ça?"

"Ça démange un peu."

"Ce sera bientôt fini. Plus tôt vous jouirez, plus vite nous aurons fini."

Ses yeux restaient écarquillés.

Combien de temps avant de jouir?

Il avait l'intention de l'amener à l'orgasme, et elle n'a pas résisté.

Elle ne s'est pas défendue.

Elle ne lui a pas dit d'aller se faire foutre.

Ses valeurs féministes s'érodaient et, au fond, elle aimait ça.

Il entendit à nouveau le bruit du professeur atteignant son sac marron.

J'étais nerveux et je ne savais pas à quoi m'attendre.

Lorsqu'il a jeté le sac, elle a découvert ce qu'elle cherchait.

Il y eut une autre gifle sur ses fesses exposées.

Ce n'était pas avec sa main.

Maintenant, il avait une petite pelle en caoutchouc.

La pelle faisait plus mal que sa main nue.

J'avais un sentiment vif.

Il a continué à frapper ses fesses nues.

Cela a commencé à faire plus mal.

Ses fesses sont devenues rouge vif.

Elle se mordit la lèvre inférieure et essaya de ne pas pleurer comme une petite fille idiote.

Elle ne voulait pas paraître faible à son professeur dominant et fort.

La douleur a grandi.

L'enseignant a continué à frapper plus fort et plus vite.

Elle voulait pleurer.

Soudain, il s'est arrêté.

Elle l'écouta poser la pelle sur la table, puis s'agenouilla pour caresser doucement son cul brûlant.

Il le frotta doucement.

Il lui donna de doux baisers.

Puis elle s'est penchée et a joué avec son clitoris gonflé.

«Oh...» gémit-elle.

Elle a pu éviter de faire des bruits pendant la fessée, mais pas par stimulation directe de son clitoris gonflé.

Le professeur a frotté son clitoris dans un mouvement circulaire rapide avec deux doigts.

De son autre main, il a continué à caresser les fesses douloureuses.

Il a continué à lui baiser doucement le cul comme s'il l'adorait.

Il l'a même léché.

«Je pense que je vais venir», admit-elle d'un air penaud.

"Allez, viens pour moi, chérie. Sois mon petit chat sexuel et prends un orgasme merveilleux."

Il pressa son visage contre ses fesses douloureuses et continua de frotter furieusement son clitoris.

Les yeux de Cynthia se retournèrent.

Sa bouche était grande ouverte.

Son corps se tendit.

Les muscles de son dos et de ses jambes se contractèrent, mais il ne pouvait pas bouger puisque ses membres étaient attachés au bureau.

De doux gémissements s'échappèrent de sa bouche.

Bientôt, une petite rivière de fluides clairs jaillit de sa chatte chaude.

Le professeur n'a pas arrêté ses mouvements avec ses doigts jusqu'à ce que tout soit sorti.

Puis il lui donna un autre baiser.

Le professeur s'est levé et a embrassé Cynthia sur le côté du visage.

Il lui embrassa aussi les cheveux plusieurs fois.

Lorsque l'enseignant a détaché Cynthia, elle s'est assise sur le sol en position fœtale.

Son corps était comme de la gelée.

Sa force avait disparu.

Le professeur s'assit sur le sol à côté d'elle.

«Vous êtes merveilleux», dit-il. "Vraiment merveilleux."

«C'est ce que tu voulais? répondit-elle avec une profonde inspiration.

"C'était plus que ce que je voulais. Tu es vraiment incroyable."

"Est-ce que ça veut dire que nous avons fini?" Elle a demandé, ne sachant pas si elle voulait que cela se termine ou non.

"Non. Nous ne sommes même pas sur le point de terminer. Pour l'instant, vous avez obtenu un A + dans ma classe. Mais vous n'avez pas encore gagné mes relations. Si vous continuez, je ferai de mon mieux pour vous emmener à la faculté de droit de votre choix. Et Je vous aiderai à obtenir des bourses pour tout payer. "

"Qu'est-ce que je dois faire?"

"Maintenant, je veux que vous continuiez à étudier pour vos autres examens. Vous êtes un étudiant de type A. Vous devez agir comme ça."

"Et après?" elle a demandé. "Que se passera-t-il une fois les tests effectués?"

«Avez-vous l'intention d'aller quelque part? Vivez-vous près de la maison de votre famille? Ou restez-vous dans une chambre commune?

"Je partage un appartement avec mon colocataire. Nous rentrons tous les deux chez nous après la dernière semaine. Nous avons des vols réguliers. Pourquoi?"

Le professeur passa sa main dans ses cheveux.

"Annulez votre vol. Reprogrammez-le quelques jours plus tard."

"Mais ma famille? Ils m'attendent bientôt à la maison."

"Cela ne prendra que quelques jours. Dites-leur que vous terminez un projet important pour l'école. Ils comprendront."

"Qu'est-ce-qu'on va faire?" elle a demandé.

«Quand votre colocataire part, je veux visiter votre appartement. Je veux voir comment vous vivez. Je veux prendre mon temps avec vous. Je veux que nous soyons seuls ensemble. Je suis curieux de vous sur un plan personnel. Comme je l'ai déjà mentionné, je suis très intéressé par vous. . Tu me fascines ".

"Et ... sexuellement ... quels sont tes projets pour moi?"

Il a souri.

"Nous allons déjà comprendre cela."

"Tu ne vas pas me baiser. J'ai un petit ami et c'est là que je trace la ligne."

"Que peux-tu faire pour moi alors?"

Elle réfléchit un instant.

"Tu peux encore me donner une fessée."

"Voulez-vous sucer ma bite?"

Elle hocha la tête avec hésitation.

"D'accord. Mais ce serait tout."

«On ferait mieux d'y aller. N'oublie pas ta culotte. Elle est sur la table. Et n'oubliez pas nos plans. Je promets que tout en vaudra la peine.

Cela dit, le professeur s'est levé et a remis les cordes et la pagaie dans le sac marron.

Puis il était parti, la laissant seule dans le salon.

Cynthia a continué à s'asseoir en position fœtale pendant qu'elle ordonnait ses pensées.

La sensation orgasmique traversait toujours son corps.

Il ne pouvait toujours pas dire s'il aimait l'expérience de l'esclavage ou s'il la détestait.

Mais la petite flaque de liquides qu'il laissa derrière lui lui donna la réponse.

QUATRIÈME PARTIE
AU-DELÀ DE L'ACCORD

Une semaine après.

Cynthia regarda par la fenêtre de son appartement pour observer la vue se déroulant à l'extérieur de sa maison.

J'étais seul.

Teresa était déjà partie après avoir terminé tous ses examens finaux.

Cynthia devrait aussi être partie.

Elle aurait dû être à la maison avec sa famille maintenant.

Au lieu de cela, elle attendait le professeur.

Il lui avait déjà donné l'adresse.

Elle a attendu dans un état méditatif qu'il vienne.

Elle portait une jolie robe bleue.

C'était élégant et décontracté.

Elle était pieds nus et n'avait rien sous la robe.

Tout ce qu'il avait fait avec le professeur était contre sa nature.

Il était contre les valeurs fortes avec lesquelles il avait grandi.

Et elle était contre les valeurs qu'elle voulait défendre en tant que future avocate.

Mais le professeur lui avait donné le meilleur orgasme de sa vie.

J'ai pensé à cet orgasme tous les jours.

Il se masturbait en pensant au professeur tous les soirs.

Il se demanda ce qu'il avait prévu.

La sonnette retentit et elle laissa le professeur entrer dans le bâtiment.

Elle ouvrit la porte de l'appartement et l'attendit.

Lorsqu'il est sorti de l'ascenseur pour rejoindre le sol de son appartement, elle lui a souri.

Il était vêtu d'une tenue semi-décontractée et portait un sac en papier brun.

Ils se sont salués et il est entré dans son appartement avec confiance, comme s'il y vivait.

Cynthia ferma la porte et il regarda autour de la pièce après avoir enlevé ses chaussures.

«Bel endroit», dit-il en continuant à inspecter la pièce.

"Merci. Je vis ici depuis près de quatre ans avec mon colocataire. Nous avons fait de notre mieux."

"En avez-vous parlé à votre colocataire ?"

"Non. Par Dieu, non. Je ne l'ai dit à personne. Et je ne le ferai jamais."

"Ça devrait continuer comme ça," acquiesça-t-il. "Tu es magnifique dans cette robe. Tu es comme un cadeau qui attend d'être ouvert."

"Merci," répondit-il nerveusement. "Puis-je t'offrir quelque chose à boire ?"

"Je vais bien. Ça vous dérange si nous nous asseyons et parlons ?"

"Bien sûr."

Ils s'assirent tous les deux sur le canapé du salon.

«J'ai un cadeau pour vous», dit-il.

Il fouilla dans le sac marron et tendit une enveloppe à Cynthia.

Elle l'ouvrit et vit une lettre tapée sur un morceau de papier portant les marques et titres officiels de l'université.

Il feuilleta rapidement la page.

C'était une brillante lettre de recommandation du professeur, disant que Cynthia était sans aucun doute l'étudiante la plus intelligente qu'il ait jamais rencontrée.

Il a également loué avec brio son caractère moral et son éthique de travail.

Il y avait même une longue déclaration sur la passion de Cynthia pour les droits des femmes.

«Je ... suis sans voix», réussit-elle à dire. "C'est merveilleux. C'est mieux que tout ce qui aurait pu être écrit pour moi."

"Vous n'aurez probablement pas besoin de cette lettre. J'ai déjà parlé à un vieil ami qui travaille dans une école de droit de premier plan. Votre candidature recevra une évaluation spéciale."

"Quelle école ?"

"Un niveau supérieur. Vous serez très heureux là-bas. J'ai également parlé aux gens d'éventuelles bourses d'études. Tout sera organisé ces jours-ci."

Elle posa ses mains sur sa poitrine.

«Tu n'as aucune idée à quel point cela me rend heureux. Je veux dire, WOW. C'est plus que j'aurais pu espérer. Cela va vraiment changer ma vie.

"Je n'ai jamais fait autant pour un étudiant. Je fais juste ça pour toi."

"Je ne sais pas quoi dire".

"Tu n'as rien à dire," dit-il sévèrement. "Si tu veux exprimer ta gratitude, enlève ta robe."

Ce fut un moment de réflexion.

Son moment d'excitation insouciante a été accueilli avec la réalité qu'il y avait des conditions à remplir.

Elle prit une profonde inspiration et se leva.

Leurs yeux étaient tous deux concentrés l'un sur l'autre.

Ses doigts pincèrent le bas de sa robe bleue.

Puis elle souleva la robe au-dessus de sa tête pour révéler ses jambes fines, sa chatte rasée et ses petits seins guillerets avec ses tétons roses.

Elle se tenait nue devant lui, faisant de son mieux pour garder un visage courageux.

Elle a essayé de ne montrer aucun signe de nervosité ou d'excitation.

Mais ses doigts légèrement tremblants révélaient sa nervosité.

Et ses mamelons roses durcis sont devenus complètement raides, montrant son excitation.

"Parfait," dit-il, ses yeux parcourant sa nudité de la tête aux pieds. "Vous êtes une vision de la perfection."

"Je vous remercie."

"Je suis sûr que vous vous demandez ce qu'il y a dans le sac. Vous avez l'air nerveux. Ne vous inquiétez pas, je ne suis pas un sadique. Je suis juste un homme normal avec un fantasme très courant."

Ses yeux ont continué à parcourir chaque centimètre carré de son corps, observant sa beauté.

«De quel fantasme s'agit-il? Elle a demandé avec une véritable curiosité.

Il se leva et fouilla dans le sac.

Il songea un instant à donner une réponse définitive à la question de Cynthia.

"J'adore les femmes intelligentes et indépendantes. Quelqu'un comme vous. Je suis tombé sur la littérature sur l'esclavage sexuel il y a des années et je me suis senti étrangement attiré par cela. Je me suis senti très coupable à ce sujet, car j'ai toujours été un grand défenseur des droits de l'homme. des femmes, comme vous. Mais c'est juste un fantasme sexuel, n'est-ce pas ? Personne n'est blessé. Et tout le monde l'apprécie. Tu n'es pas d'accord ? "

"Oui".

"C'est un fantasme très courant. Il n'y a pas de honte à en profiter. Il ne devrait pas y en avoir."

Le professeur a pris un collier noir du sac.

Cela avait l'air érotique, mais intimidant.

Il a été fait spécifiquement à des fins sexuelles.

"Qu'est ce que c'est ?" elle a demandé.

"C'est un collier pour ton cou. Je pense que ça te ira. Il dit" salope "dessus. C'est un nom amusant pour notre temps ensemble."

"Avez-vous fait ça avec d'autres femmes ?"

"Non. Je n'ai jamais eu le courage. Je n'ai jamais été très courageux."

"Tu m'as maintenant."

Il a souri.

"Tu as raison. Je t'ai. Maintenant, détends-toi pendant que je te mets le collier."

Le professeur posa le sac sur le canapé et brossa les cheveux de Cynthia.

Elle enroula le collier autour de son cou et commença à le resserrer.

Il a pris soin de ne pas le rendre trop serré.

Je ne voulais pas qu'il soit submergé ou étouffé.

Il voulait juste qu'elle se sente un peu mal à l'aise, et il l'a fait.

Lorsqu'il recula, Cynthia était nue, à l'exception du collier avec le mot WHORE placé sur le devant de sa gorge.

«Regarde dans le miroir», dit-il.

Cynthia se dirigea vers le miroir du salon, qui était juste à côté de la porte d'entrée.

Elle regarda son corps nu.

Elle regarda le collier autour de son cou qui la désignait comme une putain.

C'était contraire à tous les principes qu'elle avait défendus.

Elle avait honte d'elle-même.

Mais en même temps, elle se sentait très excitée.

Personne ne peut rien savoir à ce sujet.

Jamais.

"Que penses-tu?" demanda-t-il, debout derrière elle, une corde à la main.

"C'est un spectacle provocateur."

"C'est vrai. Maintenant, mettez vos mains ensemble. Je vais vous ligoter."

Cynthia joignit ses mains et le professeur lui attacha les poignets avec une corde noire lisse alors qu'il se tenait toujours derrière elle.

Cela n'a pas pris longtemps.

En quelques instants, leurs mains étaient jointes.

"Maintenant que?" Elle lui a demandé.

Il recula avec désinvolture en la regardant.

Il se tenait au centre de la pièce et la regarda droit dans les yeux.

«Maintenant, je veux que tu suces ma bite. Je suis sûr que tu es très douée pour ça. Je veux que tu sois un minou obéissant et que tu me montres à quel point tu peux sucer.

Cynthia marcha vers lui les mains liées.

Il était beaucoup plus grand qu'elle.

Après un bref contact visuel, elle s'agenouilla et commença à déboutonner son pantalon les mains liées.

Elle abaissa son pantalon jusqu'aux chevilles pour révéler un pénis semi-dressé.

Elle le regarda un instant.

C'était un peu plus gros que celui de son petit ami.

Il le tint dans sa main et le caressa brièvement avant de s'arrêter pour réfléchir.

Elle hésita.

«Je veux que tu saches que je ne fais pas ça normalement», dit-il après avoir réfléchi. "Je n'ai fait ce genre de chose que dans les relations. J'ai toujours été contre les femmes qui utilisent leur corps ou leur sexualité pour obtenir ce qu'elles veulent."

"Alors c'est exactement pourquoi je veux ma bite dans ta bouche."

Le commentaire l'offensa un peu.

Mais ça lui envoyait quand même un chatouillement entre ses jambes.

Elle se pencha pour sucer sa bite.

Il avait toujours aimé sucer la bite de son petit ami.

C'était quelque chose qu'il avait apprécié depuis la première fois.

C'était devenu une expérience sexuelle très excitante pour elle.

Et il n'y avait jamais eu de plaintes.

Elle avait toujours reçu des critiques élogieuses pour ses compétences en matière de sexe oral.

Avec ses lèvres enroulées autour de sa bite, elle secoua la tête en suçant.

Ses poignets attachés limitaient le mouvement de sa main.

Sa langue tourbillonnait autour de sa tête et de ses membres.

Elle leva les yeux vers le professeur au-dessus d'elle alors qu'elle continuait à sucer.

Ils ont établi un contact visuel, ce qui était quelque peu excitant et partiellement humiliant.

Elle détourna les yeux alors qu'il commençait à prendre sa bite plus profondément dans sa bouche.

Puis elle a sucé chacune de ses couilles.

"Tu es super pour ça," gémit-il. "Je savais que tu le serais. Tu as les lèvres parfaites pour ça."

"Merci," murmura-t-il, après avoir brièvement sorti sa bite de sa bouche.

Elle est retournée au travail, espérant le faire jouir le plus vite possible.

Plus elle faisait d'efforts pour sucer sa bite, plus elle était devenue excitée dans le processus.

Il n'avait pas besoin de toucher sa chatte pour se rendre compte qu'elle était trempée entre ses jambes.

«Cela suffit pour le moment», dit-il. «Je veux que tu te penches sur la table de la salle à manger. Sur le ventre. Nous allons avoir des relations sexuelles dans un instant.

Elle le regarda abasourdi.

"Notre accord était pour une pipe. C'est tout."

"Les offres peuvent toujours être améliorées."

"S'il te plaît. J'ai juste accepté de te faire une pipe."

"Touchez entre vos jambes. Votre corps sait ce qu'il veut. Si vous êtes sec, alors je vais sortir et vous donner tout ce que vous voulez. Si vous êtes mouillé, nous avons encore du travail à faire."

Le professeur était persévérant.

Cynthia savait que c'était un argument significatif.

Son cœur l'aimait.

Sa chatte le voulait.

Il était inutile de se battre.

Quoi que vous en fassiez, vous vous sentirez bien.

Il va la faire revenir.

Alors pourquoi refuser?

Il se leva et se dirigea vers la table de la salle à manger, qui n'était qu'à quelques mètres.

Elle se pencha en avant, plaçant ses mains, son visage, ses seins et son ventre sur la table.

La table où elle avait partagé d'innombrables repas avec sa meilleure amie était soudain devenue un lieu de satisfaction sexuelle.

Elle se demanda ce qu'il ferait ensuite, mais n'en avait aucune idée.

Elle ne savait pas à quoi s'attendre.

Il entendit le bruit du sac remuer pendant que le professeur cherchait.

L'enseignant a attaché ses mains attachées aux pieds de la table en utilisant plus de corde noire.

Les poignets de Cynthia étaient complètement retenus et il n'y avait aucun moyen qu'elle puisse bouger ses bras.

L'enseignant a également attaché chacune de ses chevilles au bas de la table.

Les jambes de Cynthia étaient écartées et sa chatte et son anus étaient grands ouverts.

"Sais-tu ce qu'est un fléau?" Je demande.

"Oui," répondit-il nerveusement.

«Je vais l'utiliser sur toi. Ne t'inquiète pas. Je ne vais pas te blesser. Ça pourrait faire un peu mal. Dis-moi si c'est trop.

Cynthia resserra fermement la corde tandis que le fouet frappait ses fesses.

Le deuxième coup fut plus violent.

Il se souvenait trop bien de la sensation du dernier coup de fouet.

C'était un sentiment que je n'oublierais jamais.

Mais la flagellation était beaucoup plus puissante que la pelle.

Chaque extrémité de la flagellation a envoyé une sensation de picotement à travers sa chatte et sa colonne vertébrale.

Chaque extrémité du fléau la stimulait sexuellement.

La flagellation se déplaça vers le haut de son dos.

Les clics étaient forts à côté de son oreille.

Qui démange

Elle a commencé à gémir à chaque fois qu'elle était frappée.

La douleur est devenue de plus en plus vive.

Mais le plaisir aussi.

C'est devenu une combinaison puissante et parfaite.

Il l'a frappée fort dans le dos et sa chatte s'est mouillée.

Elle gémissait bruyamment à chaque coup.

Quand son dos est devenu rouge, il a tourné l'attention de son fléau vers le bas, frappant l'arrière de ses cuisses.

La zone était si sensible qu'elle la faisait presque hurler.

Cynthia resserra sa prise sur la corde, espérant apaiser la douleur.

La flagellation se déplaça sur chacune des fesses de Cynthia.

C'était l'endroit qui lui faisait le plus plaisir.

Chaque extrémité du fléau la frappait durement et la rendait plus excitée.

La flagellation s'est arrêtée pendant un moment miséricordieux et le professeur a inséré deux de ses doigts dans sa chatte.

"OMG," dit-il. "Tu es comme un robinet. Pauvre chose."

"Je ... j'ai besoin de venir."

Il a souri.

"Dans quelques instants, chérie. Nous devons finir nos préliminaires en premier."

Le professeur retourna à sa position de flagellation et frappa doucement Cynthia juste entre les fesses.

Elle gémit alors que les extrémités du fouet frappaient directement la peau ultra-sensible de sa chatte et de son anus.

Il la laissa s'adapter à la douleur pendant un moment avant d'envoyer un autre coup dans sa direction.

Il a continué à lui fesser la chatte et l'anus.

Il abaissa la fessée et utilisa sa main ouverte pour gifler sa zone sexuelle sensible.

La fessée était douce au début.

Mais ensuite, la force augmentait à chaque fessée.

Elle s'est même assurée de donner une fessée à son clitoris gonflé, la faisant gémir comme une pute.

Sa main s'est humidifiée avec les fluides de la chatte de Cynthia après chaque fessée.

«Je pense que tu es prêt. Tu veux jouir maintenant?

"Oui," gémit-elle.

"Tu as été une bonne fille. Donc c'est juste que je te le fasse faire."

Il fouilla à nouveau dans le sac.

Cynthia ne pouvait pas voir ce que le professeur cherchait.

Tout ce que j'ai entendu, c'est le bruit du sac.

Puis elle sentit ses doigts écarter ses lèvres alors qu'il inséra un objet.

C'était un jouet sexuel.

Lisse et parfaitement formé.

Il se glissa facilement dans sa chatte en raison de sa petite taille, ce qui la déçut un peu.

Elle avait besoin de quelque chose de plus grand.

L'objet sexuel a été retiré de sa chatte, ce qui l'a de nouveau déçue.

Lorsque l'objet a été pressé contre l'anneau externe de son anus, elle a réalisé ce qui se passait.

Le professeur n'a inséré l'objet que dans sa chatte pour la lubrifier.

L'objet sexuel était destiné à ses fesses.

Elle se prépara alors que le petit jouet sexuel était lentement poussé dans son anus.

Il entra dans l'anneau serré et pénétra dans son rectum.

Le professeur a pris son temps et a fait les choses lentement, ne voulant pas la blesser.

Et elle appréciait les sensations de se sentir étirée.

Bientôt, elle a oublié la douleur qu'elle ressentait à cause de la flagellation.

La légère douleur du jouet sexuel dans son cul était tellement plus puissante et excitante.

Une fois que le petit sextoy était dans ses fesses, le professeur l'a laissé là comme une stimulation.

Puis le son de l'ouverture d'un paquet se répercuta dans la salle silencieuse.

"Qu'es-tu en train de faire?" Demanda Cynthia, le visage toujours baissé.

"Je mets un préservatif. Je vais te baiser la chatte parce que tu es une pute."

Ces mots lui envoyèrent un chatouillement dans le dos et une émotion dans sa chatte.

Même si ses chevilles étaient attachées, elle a fait de son mieux pour étendre davantage ses jambes.

Elle voulait être baisée.

Elle voulait être utilisée comme morceau de viande.

Elle savait que le professeur ne la décevrait pas.

Il la serra fermement par les hanches et pressa sa bite dure contre ses lèvres.

Il poussa doucement et entra.

C'était une entrée facile car elle était séparée et profondément excitée.

La chatte de Cynthia était un cumulus chaud de désir.

L'enseignante a savouré la sensation de la chatte de son étudiante.

Puis il poussa complètement vers le bas, obligeant Cynthia à presser son visage sur la table et à haleter.

Le professeur plaça les deux mains sur les épaules de Cynthia, la tirant vers le haut.

Lentement, il bougea ses hanches, la baisant.

Cynthia gémissait à chaque fois qu'il enfonçait sa bite dans son corps.

Les mains liées, il se serra fort en tirant sur la corde.

Sa chatte délicate était en train de se faire baiser et ses gémissements devenaient plus forts.

Il caressa ses cheveux d'une main, s'assurant qu'ils étaient derrière son dos.

Puis elle se pencha de la même main pour caresser un de ses petits seins, pinçant le téton rose gonflé.

"Es-tu ma pute?" demanda-t-il d'une voix dépravée.

"Oui."

"Dis-le."

"Je suis ta pute," gémit-il. "Espèce de sale pute".

Il a continué à la baiser encore plus fort.

Il continua de lui serrer l'épaule d'une main et de plier sa mésange avec son autre main.

"Vous n'êtes pas féministe avec moi, n'est-ce pas?"

"Ne pas."

"Qu'es-tu?" Je demande.

"Je suis ta pute," gémit-il. "J'ai besoin d'être traité comme ça."

Il l'a baisée encore plus fort.

Son sexe chaud faisait des bruits forts de son entrejambe frappant ses fesses douces à chaque fois qu'il donnait une poussée.

Ses gémissements se sont transformés en sons de respiration erratiques alors qu'elle commençait à perdre le contrôle des sens de son corps.

Elle a lâché prise.

Elle a donné son corps complètement au professeur.

Elle était tout à lui.

Il a utilisé ses deux mains pour caresser ses seins et pincer ses mamelons durement, la faisant haleter de douleur.

Il les pinça plus fort, la faisant haleter un peu plus.

"J'ai ... besoin de venir ..." dit-elle faiblement.

«Dis-le plus fort!

"J'ai besoin de venir! S'il vous plaît!"

Je savais exactement quoi faire.

Le professeur baissa les mains.

Un pour soutenir votre hanche.

L'autre s'accroupit pour caresser son clitoris.

Cynthia gémit au moment où il frotta son clitoris dans un mouvement circulaire.

À l'époque, Cynthia était stimulée par la baise de sa chatte, le jouet sexuel dans le cul et le doigt jouant avec son clitoris.

Elle a crié fort, ne se souciant pas si les voisins pouvaient l'entendre.

Ils l'ont probablement fait.

Celui qui écoutait serait probablement excité.

Elle s'en fichait.

Cynthia hurla et ses doigts se recourbèrent.

Ses bras et ses jambes tiraient sur la corde de toutes ses forces, mais en vain.

Son bas du dos essaya de se cambrer, mais la prise était trop forte.

Son visage se tordit de plaisir.

Ses yeux s'écarquillèrent.

Elle est venue.

Puissant.

Les fluides étaient partout.

Sa petite chatte était devenue un robinet sexuel.

Le professeur approchait de son orgasme.

Même lorsque le corps de Cynthia était devenu mou et impuissant, il a continué à baiser sa chatte détrempée jusqu'à ce qu'il soit satisfait.

De grandes quantités de sperme ont été injectées dans le préservatif qu'il portait.

Il gémit, puis ses poussées s'arrêtèrent avant de s'allonger sur le dos de Cynthia pour se reposer.

Ils étaient tous les deux complètement en désordre à la fin du sexe.

Il continuait continuellement à embrasser les cheveux à l'arrière de sa tête contre elle.

"Tu es une déesse," grogna-t-il à bout de souffle. "Une vraie déesse. Tu as rendu un homme complètement heureux."

Cynthia était toujours épuisée et respirait difficilement.

«Et pas votre femme? Dit-elle dans un soupir.

"Et ton petit ami?" Il a dit également avec un soupir.

Ils rirent tous les deux.

«Détachez-moi», parvint-elle à nouveau à parler doucement avec un léger souffle.

Le professeur a sorti sa bite molle et couverte de préservatif de sa chatte et a commencé à la détacher.

Quand elle était libre, Cynthia s'est allongée sur le sol, au-dessus de ses propres fluides vaginaux.

Le professeur s'assit à côté de lui, caressant ses cheveux doux.

"Je vais te donner ce que tu veux. Je ferai de mon mieux. Tu es magnifique."

Elle le regarda.

"Toi aussi. Je n'ai jamais ... jamais couru comme ça avant."

«Nous avons encore quelques jours à passer ensemble. J'ai l'intention d'en tirer le meilleur parti. Au cours des prochains jours, vous serez mon sale petit chaton sexuel. Ensuite, vous pourrez rentrer chez vous avec votre famille et votre petit ami et profiter de votre pause.

Elle a souri.

"Je profite déjà de ma pause."

Sur ce, Cynthia posa sa tête sur les genoux du professeur.

Elle a enlevé le préservatif mouillé.

Il a porté le pénis flasque à sa bouche et a sucé le reste du sperme.

Le professeur gémit.

FIN

www.ingramcontent.com/pod-product-compliance
Lightning Source LLC
LaVergne TN
LVHW040955150826
845672LV00002B/713

* 9 7 9 8 2 2 7 6 3 5 2 9 7 *